D1177349

La divina Catrina
Oh, Divine Catrina

Por / By
Aracely De Alvarado

Ilustraciones de / Illustrations by
Claudia Navarro

Piñata Books
Arte Público Press
Houston, Texas

Esta edición de *La divina Catrina* ha sido subvencionada en parte por la Clayton Fund, Inc. Le agradecemos su apoyo.

Publication of *Oh, Divine Catrina* is funded in part by a grant from the Clayton Fund, Inc. We are grateful for their support.

Piñata Books are full of surprises!
¡Piñata Books están llenos de sorpresas!

Piñata Books
An Imprint of Arte Público Press
University of Houston
4902 Gulf Fwy, Bldg 19, Rm 100
Houston, Texas 77204-2004

Cover design by / Diseño de la portada por Bryan Dechter

Names: De Alvarado, Aracely, author. | Navarro, Claudia, illustrator. | De Alvarado, Aracely. Divina Catrina. | De Alvarado, Aracely. Divina Catrina. English.
Title: La divina Catrina = Oh, divine Catrina / by Aracely De Alvarado ; illustrations by Claudia Navarro.
Other titles: Oh, Divine Catrina
Description: Houston, Texas : Piñata Books, Arte Público Press, [2020] | Audience: Ages 5-8. | Audience: Grades K-1. | Summary: "Catrina, a Mexican skeleton, searches for just the right outfit to wear to a Day of the Dead dance in this bilingual picture book for children ages 5-8"—Provided by publisher.
Identifiers: LCCN 2020012477 (print) | LCCN 2020012478 (ebook) | ISBN 9781558859104 (hardcover) | ISBN 9781518506376 (adobe pdf)
Subjects: CYAC: Stories in rhyme. | Skeleton—Fiction. | Clothing and dress—Fiction. | All Souls' Day—Fiction. | Spanish language materials—Bilingual.
Classification: LCC PZ74.3. D433 2020 (print) | LCC PZ74.3 (ebook) | DDC [E]—dc23
LC record available at https://lccn.loc.gov/2020012477
LC ebook record available at https://lccn.loc.gov/2020012478

♾ The paper used in this publication meets the requirements of the American National Standard for Permanence of Paper for Printed Library Materials Z39.48-1984.

Printed in Hong Kong in May 2020–August 2020
by Paramount Printing Company Limited
7 6 5 4 3 2 1

José Guadalupe Posada fue un caricaturista y litógrafo mexicano quien dibujó la primera catrina a la cual llamó Calavera Garbancera y de ahí, nacieron todas las catrinas mexicanas. Él también me inspiró a escribir este poema sobre la divina Catrina.

—AA

Para Pau y Santi:
son el motor de mi vida.

—CN

José Guadalupe Posada was a Mexican illustrator and lithographer who drew the first catrina. He called her Calavera Garbancera, and from there, all Mexican catrinas were born. He inspired me to write this poem about the divine Catrina.

—AA

For Pau and Santi:
they are the engine of my life.

—CN

La divina Catrina cuando camina rechina . . .

With every step, Catrina's divine shoes squeak-squeak . . .

Crac Crac

está muy apurada, algo malhumorada.
Habrá baile de Día de los Muertos
y busca un atuendo estrambótico
para lucirlo en ese baile gótico.

Oh so cranky and in such a hurry
for the Day of the Dead dance she's in a flurry.
An eye-popping gown she simply must wear
so at the gothic ball she'll be the most fair.

Saca del baúl polvoriento
el vestido de su tía María
pero está manchado de sangría.

From a dusty old trunk
out comes a frock from her tía María.
Oh no, it's stained with red sangria.

Saca una falda de tela fina
pero parece una polvorienta y vieja cortina,

She pulls out a skirt made of the finest cloth
but it looks like an old drape eaten by moths,

y unos zapatos morados
que le quedan apretados.

---

and a pair of purple high-heeled shoes
that are so tight they squeeze her toes.

Saca un pantalón
¡que le queda rabón!

A pair of pants seem like just the thing,
but they leave her ankles in the wind . . .

. . . y a la blusa que le gusta le falta un botón.

and the blouse she likes is missing a button.

Por fin ve un vestido color vino
que le parece DIVINO.

Finally, there's a dress the color of wine
that she thinks is just DIVINE.

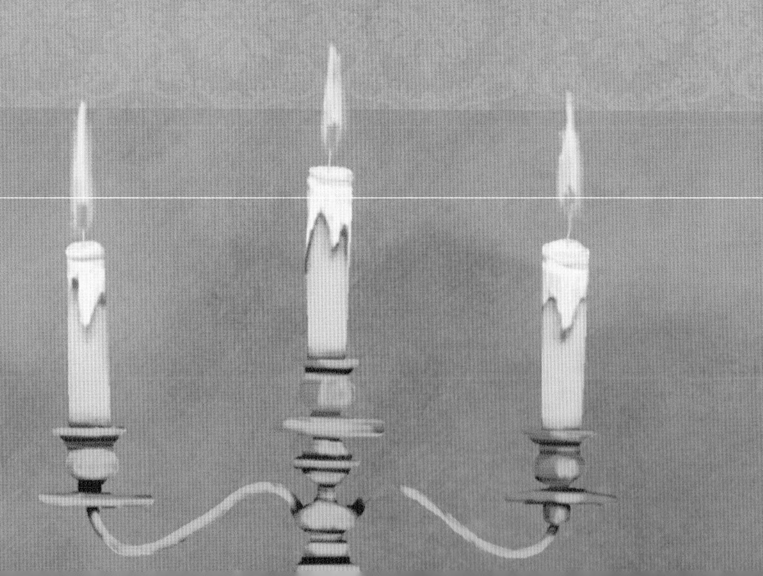

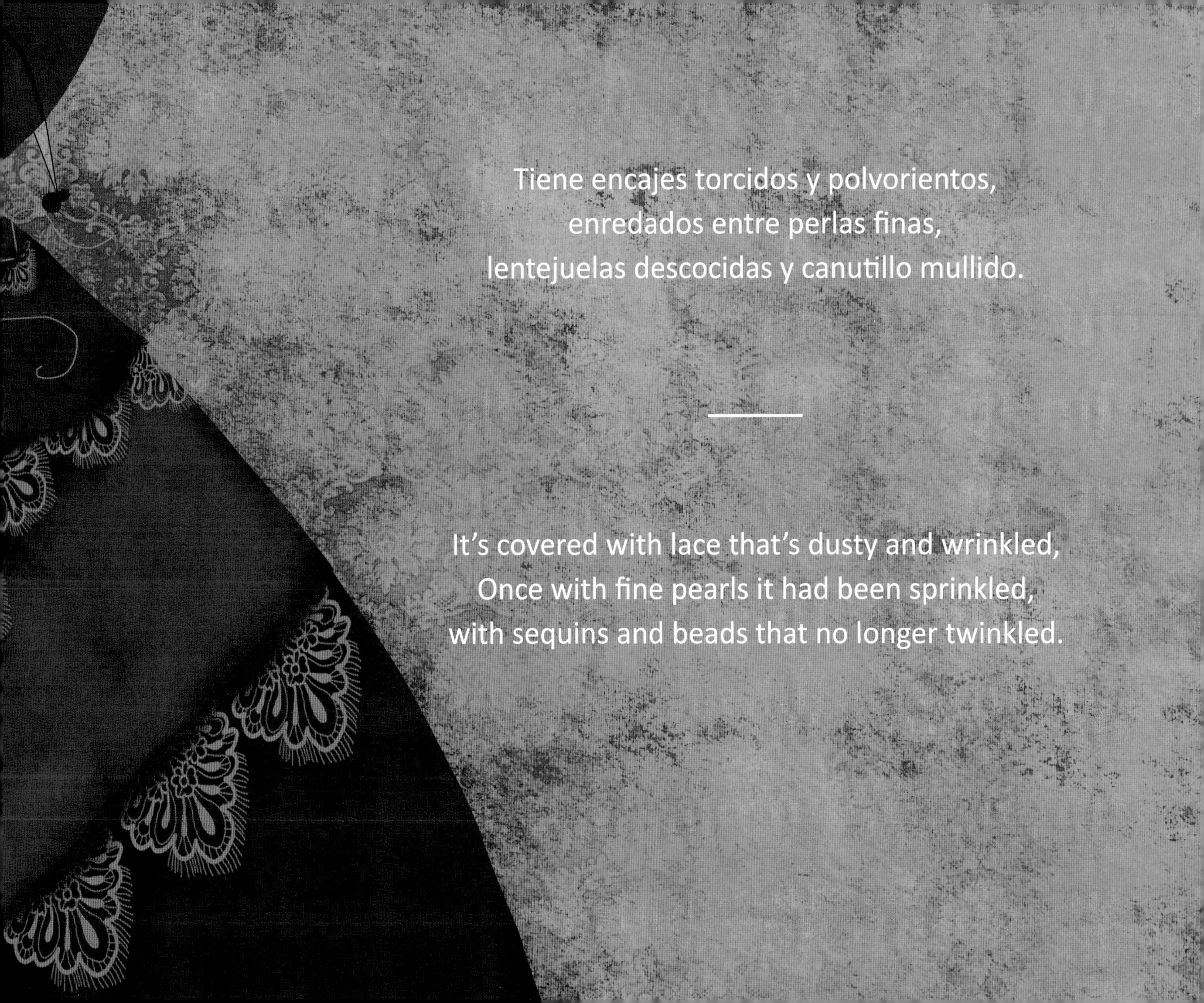

Tiene encajes torcidos y polvorientos,
enredados entre perlas finas,
lentejuelas descocidas y canutillo mullido.

It's covered with lace that's dusty and wrinkled,
Once with fine pearls it had been sprinkled,
with sequins and beads that no longer twinkled.

Dentro del baúl ha encontrado
collares extravagantes y aretes estrafalarios.
Se los pone y se mira en el espejo
y exclama "¡Qué bello reflejo!"

Inside the chest, there's still more to discover:
a nightmarish necklace and earrings so peculiar.
She puts them on, takes a look in the mirror
and exclaims, "Darn, I sure cut a fine figure."

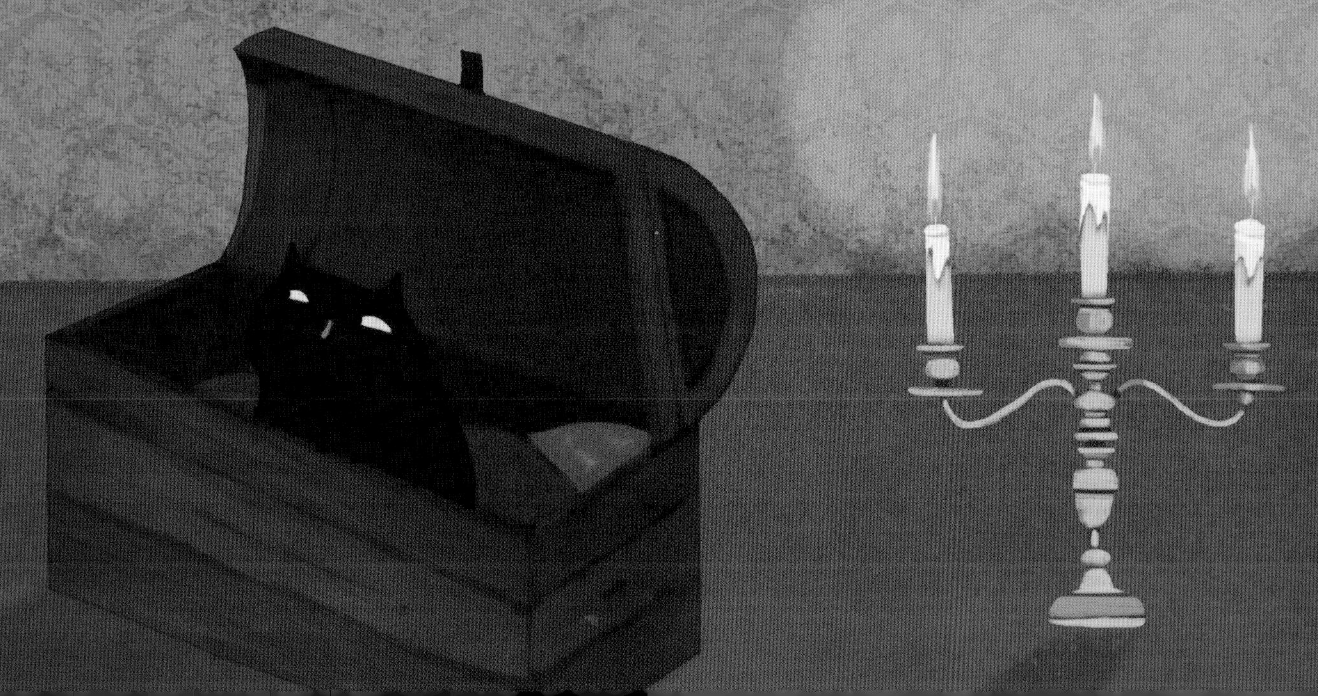

El collar la espalda le ha encorvado.
Le llega al suelo de tan pesado.

The heavy necklace has bent her over.
It weighs so much it touches the floor.

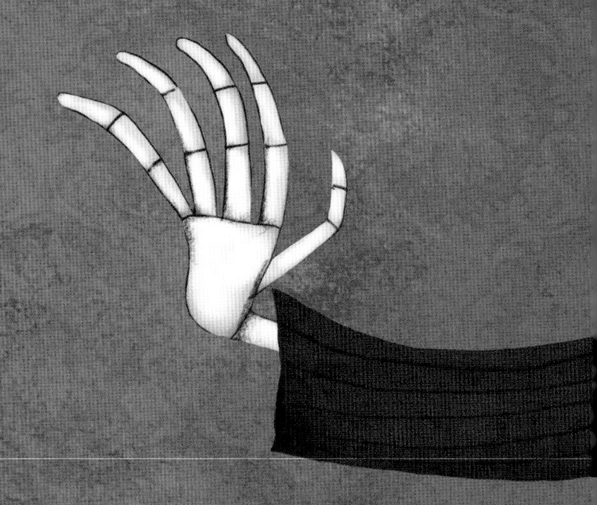

La muy coqueta levanta su cabeza.
Luce un sombrero como la realeza
con flores de cempasúchil y listones arrugados.
Sin duda es una belleza.

She holds her head high and looks quite flirty
wearing her wrinkled hat just like royalty,
all covered in marigolds and ribbon that's shabby.
But without a doubt she's a beauty.

En sus manos cadavéricas luce anillos oxidados,
un montón de brazaletes que encontró por ahí tirados,
y calza muy a gusto tenis apolillados.

On her skeletal hands rusty rings she's flaunting,
and tons of bracelets that had long gone missing.
Her moth-eaten sneakers are oh so haunting.

La divina Catrina es de abolengo
y con su excéntrico atuendo se va presumiendo.
Un montón de aduladores llegan a su encuentro,
y majestuosa, entra al baile sonriendo.

La Catrina has a fine pedigree
and in her eccentric attire it's clear to see.
She enters the ball smiling, majestically
as admirers flock to glimpse at milady.

Aracely De Alvarado es maestra de preescolar y compositora de canciones y cuentos para niños. Como maestra usa la imaginación para contar historias en donde todos los niños participan. Escribió su primera historia en 1994 porque quería que sus estudiantes desarrollaran y enriquecieran su lenguaje y vocabulario. Su primer libro infantil, *Los pingüinos / The Penguins* (Palibrio, 2014), fue traducido por su hija. Aracely estudió diseño artístico, dibujo y pintura al óleo. Ella es de Monterrey, Nuevo León, México, y vive en California con su esposo.

Aracely De Alvarado is a preschool teacher who writes songs and books for children. As a teacher, she uses her imagination to tell stories where all children can participate. She wrote her first story in 1994 because she wanted to develop and enrich her students language and vocabulary skills. Her first children's book, *Los pingüinos / The Penguins* (Palibrio, 2014), was translated by her daugher. Aracely studied artistic design, drawing and oil painting. She is from Monterrey, Nuevo León, Mexico, and lives in California with her husband.

Claudia Navarro nació en la Ciudad de México y estudió Diseño Gráfico en la Escuela Nacional de Artes Plásticas de la UNAM. Ha trabajado con diferentes casas editoriales en México, Colombia, Brasil, entre otras por más de 20 años. Su trabajo ha sido seleccionado en nueve ocasiones para el *Catálogo de Ilustradores de Publicaciones Infantiles y Juveniles* de la Dirección General de Publicaciones del Consejo Nacional para la Cultura y las Artes (DGP-Conaculta). También ha colaborado en los libros *Kayapó, jíbaros y cashinahua* (Nostra Ediciones, 2014), *Quiero ser un héroe* (Nostra Ediciones, 2019), *El viejito del sillón* (Ediciones El Naranjo, 2016), *El velo de Helena* (Ediciones El Naranjo, 2019) y *La Frontera*: *El viaje con papá / My Journey with Papá* (Barefoot Books, 2018). Es autora de *El regalo* (Pearson Educación, 2013).

Claudia Navarro was born in Mexico City and studied graphic design in the National School of Arts at UNAM. She has worked with several publishers in Mexico, Colombia and Brasil, among others for more than 20 years. Her work has been included nine times in the *Catálogo de Ilustradores de Publicaciones Infantiles y Juveniles* by the Dirección General de Publicaciones del Consejo Nacional para la Cultura y las Artes (DGP-Conaculta). Her publications include *Kayapó, jíbaros y cashinahua* (Nostra Ediciones, 2014), *Quiero ser un héroe* (Nostra Ediciones, 2019), *El viejito del sillón* (Ediciones El Naranjo, 2016), *El velo de Helena* (Ediciones El Naranjo, 2019) and *La Frontera: El viaje con papá / My Journey with Papá* (Barefoot Books, 2018). She is the author of *El regalo* (Pearson Educación, 2013).